LOCUTIONS PARISIENNES

EXPLIQUÉES

LOCUTIONS POPULAIRES

LOCUTIONS D'ARGOT

que tout Français et Etranger doit connaître

PAR

A.-G. BURGER

« L'argot ne doit pas être parlé, mais il doit être connu. »

EN VENTE A PARIS AUX LIBRAIRIES SUIVANTES :

CLERC, 2, avenue Bugeaud.
DELAGRAVE, 15, rue Soufflot.
EICHLER, 21, rue Jacob.
JEANDE, 74, rue de Rennes.
TIMOTEI, 14, rue Castiglione.
VAILLANT & FLAMMARION, 26, rue Racine.

30 cent.

S'affubler, s'habiller d'un façon bizarre.

Sattifer, se parer avec affectation.

Se donner de l'air, partir, se suvera.

Un Alphonse, un souteneur.

Argoter, parler argot.

Un arriviste, qui veut satisfaire son ambition.

Un assommoir, débit de liqueurs.

Une auto, une automobile.

Etre baba, être stupéfait.

Bafouiller, ne pas savoir ce que l'on dit.

Une bagnole, une mauvaise voiture.

Un bahut, collège, école.

Se balader, se promener.

Une balade, promenade.

Le bateau, le soulier.

Monter un bateau, chercher à tromper.

Etre du dernier bateau, être tout à fait chic.

Un bec de gaz, un agent de police.

Une bécane, une bicyclette.

Bêcher, dire du mal de quelqu'un.

Un bécheur, gascon.

Becqueter, manger.

Avoir un béguin, avoir un caprice amoureux pour quelqu'un ; avoir le coup de
foudre.

Un beuglant, café-concert de dernier
ordre.

C'est à Bibi, c'est à moi.

Ça biche, cela va bien.

Ça ne biche pas, ça ne marche pas.

Une binette, une figure ridicule.

Bistro, marchand de vin.

Etre blanc, être innocent.

Un bleu, un conscrit.

J'en suis bleu, exclamation d'étonnement.

C'est bleu ! c'est surprenant.

Etre de la boîte, du même milieu.

Faire la bombe, partir tout à coup faire
la fête.

Un boniment, un propos, un discours.

Un bonneteau, jeu de cartes où il est facile de tricher.

Un bonneteur, qui tient un jeu de bonneteau.

Un boscard, un parasite.

Boucan, bruit, vacarme, etc. : c'est un
boucan à ne pas s'entendre.

Un bougre, un brave. En mauvaise part :
bougre d'animal !

La boule, la tête.

Perdre la boule, ne pas savoir ce que l'on fait.

Boulotter, manger (même son argent).

Se monter le bourrichon, s'emballer sur quelqu'un où quelque chose.

Bousiller, travailler vite et mal.

De la boustifaille, tout ce qui se mange.

Avoir le bras long, être puissant.

Une grande bringue, une grande femme peu agréable à tous les points de vue.

Un bus, un omnibus.

La butte, la guillotine.

La caboche, grosse tête.

Un cabot, cabotin (acteur).

Caboulot, petit débit de liqueurs.

Cadran, montre.

Cafard, qui fait des cancans malveillants.

Calé, riche, bien posé.

Calicot, commis de magasin bruyant et iusupportable.

Cambrioleur, dévaliseur de chambres.

Camelot, marchand d'objets de peu de valeur, crieur de journaux.

La camelote, marchandise de mauvaise qualité.

Une camisole, gilet.

Un canard, fausse nouvelle.

Le cancan, danse excentrique et indécente.

Cancaner, médire, faire des commérages.

Une carotte, demande d'argent, mensonge.

Carotter, tromper.

Un carotteur, qui carotte.

Faire la carpe, s'évanouir, se tromper.

Cascader, mener une vie déréglée.

Cascadeur, homme qui mène une vie déréglée.

Cascadeuse, femme d'une vie déréglée.

Casquer, payer (un casqueur).

Ne pas casquer, refuser.

Casse-gueule, mauvaise eau-de-vie ; un bal public de dernier ordre.

Casser le cou, frapper.

Se casser le cou (la gueule), faire une chute dangereuse.

Casser sa pipe, mourir.

Une casserole, un délateur.

Un cavé, dupe.

Un cercleux, un clubman, un homme de cercle.

Une chabraque, une grande femme désagréable à tous les points de vue.

Chahut, tapage, danse de bastringue.

Faire chanter, mettre à contribution.

Le chantage, l'extorsion d'argent sous menace de révéler un secret.

C'est une charrette, c'est une personne à laquelle il faut tirer les paroles.

Faire du chi-chi, faire des embarras.

Le chic, l'élégance.

Chiner, blaguer et taquiner (un chineur).

Chiper, voler.

Une chipie, une femme boudeuse et méchante.

Chiquer, manger.

Chouette, poli.

Une cigue ou cig, une pièce d'or.

Claquer, mourir.

Cocotte, fille galante.

Un cœur d'artichaut, inconstant ; il y en
a une feuille pour tout le monde.

Cogner, battre.

Le collage, union illégitime.

Coller, réduire au silence, poser.

Se colleter, se battre.

Copain, ami, compagnon.

Le coucou, une montre.

Un coup de canif, infidélité conjugale.

Y couper, croire, se laisser abuser.

Une craque, un mensonge.

Crever, mourir.

Un crevoir, un endroit où l'on s'assomme.

Une culotte, ivresse.

Attraper une culotte, perdre au jeu.

Enfourcher son dada, partir sur une idée
qui vous plaît.

La danse du panier, bénéfices illicites de
la cuisinière

Débiner, médire.

Déboucler, ouvrir.

Décavé, ruiné.

Etre décavé, n'avoir plus un sou.

La dèche, le manque d'argent, misère.

Défrusquer, déshabiller.

Se dégeler, se dégourdir, se déniaiser.

Un demi-castor) une femme du monde
Une demi-vertu) libérée.

Désarmer (se dit seulement des femmes),
ne plus avoir de prétentions.

Dételer (se dit des hommes), ne plus faire
la fête.

Etre le dindon de la farce, être dupe.

La douloureuse, la note à payer.

Filer doux, en passer par la volonté d'un
autre.

Des échalas)
Des échasses) jambes maigres.

Ecoper, avoir un désagrément.

S'emballer, s'éprendre passionnément.

Du j'm'enfichisme, une douce indifférence.

Engueuler, injurier.
Engueulade, série d'injures.
Epatant, étonnant.
Epater, étonner profondément.
Escarpe, homme qui assassine pour voler.
Estomac, courage, audace au jeu.
Expédier, tuer.

F

Une fée, jeune fille.
La ficelle, ruse, secret de métier.
Se fiche de, n'attacher aucune importance,
  se moquer.
Ficher le camp, partir.
Ficher dedans, tromper.
Ficher une gifle, donner une gifle.
Ficher la paix, laisser tranquille.
Ficher au poste, jeter au poste.
Mal fichu, mal habillé.
T'as pas fini! (sous-entendu : tes maniè-
  res), interruption familière.
Faire du fla-fla, faire des embarras.
Flancher, battre en retraite.
Etre flapi, être tout à fait fatigué.
La flemme, la paresse.
Faire un four, avoir un insuccès complet.
Se foutre (très grossier), se moquer; moins
  fort, se ficher.

Foutre ! juron auvergnat.

Fichtre ! id.

Fouchtra ! id.

La frime, hypocrisie, semblant que l'on fait de quelque chose.

La frimousse, visage d'enfant, de jeune femme ; se prend en mauvaise part : quelle frimousse !

Le frou-frou, le bruit de la soie frottée.

Faire du frou-frou, faire de l'étalage.

Les frusques, vêtements ; frusquer, vêtir.

La frousse, la peur (un froussard).

Un fumiste, mauvais plaisant.

Une fumisterie, mauvaise plaisanterie.

G

Un gabelou, un douanier, employé d'octroi.

Une gaffe, un manque de tact.

Un gaffeur, qui manque de tact.

Gaffer, regarder.

Un gaga, gâteux.

La galette, l'argent.

Une gigolette, danseuse des bals publics.

Un gigolo, amant de cœur d'une gigolette.

Etre gnan-gnan, être naïf et mou.

Gober, croire tout naïvement. (Le gogo gobe tout).

Gobeur, crédule, naïf.

Gogo, dupe, niais, facile à tromper.

Gommeux, un oisif élégant.

Se gondoler, rire et s'amuser énormément de quelque chose.

Une gosse, femme, enfant.

La gouache, figure.

Goujon, homme facile à duper.

Goujat, homme sale et grossier (terme de mépris).

Un grec, tricheur au jeu.

Griller, fumer.

Une grue, femme entretenue.

Gueuleton, bon dîner.

Gueux, coquin, malheureux.

Gueuse, fille, drôlesse sans cœur.

H

Avoir un hanneton dans le plafond, Etre un peu fou.

Une horizontale, femme facile.

I

Isoler, abandonner.

J

Jeter une pierre à quelqu'un, lui servir une malice déguisée.

K

C'est kif-kif, c'est la même chose.
Un krach, une déconfiture financière.

L

Poser un lapin, manquer à un rendez-vous
ou à une promesse.
Un larbin, un domestique.
Dans les grandes largeurs, d'une façon
qui sort de l'ordinaire.
Un grosse légume, personnage important.
Une lorette |
Une lolo | femme galante entretenue.
Faire un trou à la lune, faire faillite.

M

Le mal aux cheveux, malaise spécial des
lendemains d'ivresse.
Un maquereau, souteneur.
Manger le morceau, se tirer brutalement
d'un mauvais pas sans [s'occuper des
conséquences.
Le marchand de soupe, maître de pension.
Marcher, entrer dans les vues de quelqu'un.
On marche, on accepte.
Un marcheur, homme qui court après les
femmes.

Un **marlou**, souteneur, filou.

La **marmite**, la femme du souteneur.

Un **mastroquet**, marchand de vin.

La **mèche**, le moyen.

Y a-t-il mèche, est-ce possible ?

Découvrir la mèche, découvrir l'intrigue, le secret.

Un **mégot**, bout de cigare que ramasse le mégotier.

Un **mélo**, un mélodrame.

Un **melon**, imbécile ; élève de 1re année à St-Cyr.

Le **métro**, le métropolitain (chemin de fer de Paris).

Le **minois**, nez, visage.

Les **mirettes**, les yeux.

Monter le coup, persuader une chose fausse à quelqu'un.

Mouchard, policier, espion.

Mufle, grossier, homme qui a manqué de délicatesse.

La **Grande Muette**, l'armée.

Un **Navarin**, navet, ragoût.

Les **nénets**
Les **nichons** } seins.

Le **nez**, mauvaise humeur.

Avoir quelqu'un dans le nez, ne pas pouvoir le sentir.

Faire son nez, bouder.

Avoir du nez, flairer les bonnes occasions.

Avoir les pieds nickelés, ne pas vouloir faire quelque chose.

Se nipper, remonter sa garde-robe.

Un noir, café.

Un petit noir, tasse de café.

O

Je m'en bats l'œil, je m'en moque.

Faire de l'œil, tenter un début amoureux.

A l'œil, pour rien, à crédit.

Se mettre le doigt dans l'œil, se tromper.

Tourner de l'œil, s'évanouir ou mourir.

Un oignon, grosse montre démodée.

P

Paf, ivre.

La paillasse, corps humain.

Se faire crever la paillasse. se faire tuer.

Un paletot de sapin, cercueil.

Un panier à salade, la voiture cellulaire.

Un panier percé, un prodigue souvent à court.

La panne, gêne, misère.

Etre panné, n'avoir plus le sou.

Parti, endormi.

La partie, petite débauche, partie de plaisir.

Etre en partie fine, être avec une dame.

Une partie carrée, partie à quatre : 2 hommes et 2 femmes.

Passer à tabac, être bourré de coups par les agents de police.

Gros patapouff
Gros pataud   un homme lourd.

Des pattes d'oie, rides près de l'œil.

Envoyer un pavé, faire un mauvais compliment.

Etre sur le pavé, être dépourvu de tout.

Mettre les pieds dans le plat, commettre une gaffe.

Une pelle, échec.

Ramasser une pelle, tomber, échouer.

Peloter, flatter, courtiser une femme avec la main.

Pépin, parapluie.

Un perroquet, verre d'absinthe.

Un philistin, bourgeois n'aimant ni les arts ni les lettres.

Un piccolo, un petit vin suret.

Un pied-plat, un goujat.

Le pif
Le piton { nez.

Une pile, correction, volée de coups.

En pincer, aimer.

Etre pincé, être sérieusement amoureux.

Piocher, travailler avec ardeur.

Le pion, maître d'études.

Pioncer, dormir.

Pioupiou, soldat.

Pipelet, concierge.

Un pipo, un polytechnicien.

Un pneu, pneumatique.

Manger des pissenlits par la racine, être mort.

Le piston, puissante protection.

Pistonner, protéger.

Le plafond, tête.

Plumer, dépouiller un homme.

Pochard, ivrogne.

Une poire, tête.

Une bonne poire, un homme qui inspire confiance.

Le populo, le peuple.

Porter à la peau, exciter le désir.

Poser, attendre longtemps, se vanter.

Potache, collégien.

Potin, bruit, bavardage.

Dans les grands prix, d'une façon qui sort de l'ordinaire.

Les pschutteux, les élégants.

Un puits de science, un homme très érudit.

Une punaise, une femme acariâtre.

Etre dans la purée, le manque absolu
d'argent.

Putain, femme dévergondée.

R

Un rabat-joie, une personne d'humeur
maussade.

Rabibocher, raccommoder (au moral).

Un radis, monnaie (s'emploie seulement
dans le sens négatif : pas un radis).

Ramasser une pelle   faire une chûte
Ramasser une bûche   id.

« Il ramène », il commence à vieillir,
se dit d'un vieux beau qui ramène aux
bons endroits les survivants de ses cheveux.

Un ramolli, imbécile.

Un ramollot, type d'officier abruti.

Etre rangé des voitures, être devenu sé-
rieux.

Rapiat, avare.

Raser, ennuyer les autres.

Un raseur, personnage ennuyeux.

Un rasta ou **rastaquouère,** aventurier venu
à Paris pour faire des dupes.

Ratiboiser, priver quelqu'un de quelque
chose d'entendu.

Rebiffer, recommencer, se révolter.

Recalé, refusé à un examen.

Battre le record, être le premier, même
en bêtise.

Réglé comme des petits pâtés, chose bien
entendue.

Etre retapé, se sentir mieux.

La rigolade, l'amusement, le gros rire.

Un rigolo, naïf.

Romanichels, bohémiens vivant de rapines.

Un rond, un sou.

Rond-de-cuir, bureaucrate.

Rossard, méchant; ennemi de tout travail
ennuyeux.

Rosse, méchant.

Rossée, volée de coups.

Rossignol, fausse clé.

Un rotin, un sou.

Roublard, homme adroit et peu scrupuleux.

Roublard, homme adroit et peu scrupuleux.

Roulotte, voiture de saltimbanque.

Roupiller, dormir.

La rousse, la police.

S

Sabot, nez; en général tout ce qui est
mauvais.

Saigner, assassiner.

Saler, faire payer trop cher.

Sapin, un fiacre, cercueil.

Sauce, correction, forte pluie.
Savoir lire, être roué.
Savon; réprimande.
Savonner, réprimander fortement.
Sergot, sergent de ville.
Une souricière, piège tendu par la police.
Souteneur, homme qui vit aux dépens d'une prostituée.
Surin, couteau.
Suriner, tuer à coups de couteau.

T

Passer à tabac, brutaliser de coups.
Ma tante, le Mont-de-Piété.
Taper, emprunter.
Bien tapé, bien réussi.
Tête de pioche, personne entêtée.
Se payer la tête, se moquer.
Avoir du tintouin, être tracassé.
Vol à la tire, le vol exécuté dans les poches par le pick-pocket.
Se tirer, s'en aller.
Titi, gamin, voyou.
Toc, laid ; bijou faux.
Toc-toc, un peu toqué.
Une toupie, la tête, femme méchante.
Se tordre, rire aux éclats.
Avoir le trac, avoir peur.

Etre dans le train, ne pas être arriéré.
En grand tralala, en grande cérémonie.
Se payer une tranche, s'amuser.
Tri, tricycle à pétrole.
Tripatouiller, se mêler des affaires des autres et les gâcher.
Tripot, maison de jeu de dernier ordre.
Tripotée, pugilat.
Triquer, donner des coups de trique.
Se trotter, partir, s'enfuir.
Trottin, apprentie modiste.
Truffe, pomme de terre, nez d'ivrogne.
Tuyaux, des renseignements confidentiels.
Tuyau de poêle, chapeau haut de forme.

W

Vache, femme de mauvaises mœurs, homme sans courage.
Vadrouiller, faire la fête la nuit.
Etre vanné, être très fatigué.
C'est du velours, c'est bon.
Un vers rongeur, un fiacre à l'heure.
Une verte, une absinthe.
Remporter une veste, subir un échec.
Retourner sa veste, changer d'opinion.
La veuve, guillotine.
Vlan, distingué.

Z

Zinc, comptoir de marchand de vin.
Zut ! non !

JARDIN

DES

RACINES ALLEMANDES

par le professeur A. BURGER
Librairie Ch. Delagrave, 15, rue Soufflot, 1 fr. 50

Sous ce titre, M. A. Burger vient de réunir quelques-unes de ses brochures sur *l'étude pratique des mots allemands.*

Nous ne saurions mieux recommander cet ouvrage qu'en citant la lettre en fac-similé qui lui sert de préface. Elle est de M. Jules Lemaitre, c'est assez dire:

« Cher Monsieur Burger,

« Je suis heureux que vous ayez publié « ce petit livre que je vous ai vu composer « page par page, et qui m'a été si utile « quand j'apprenais l'allemand avec vous.

« Croyez, cher Monsieur, à mes senti- « ments bien dévoués,

« Jules Lemaitre. »

Il est indispensable de connaître les mots-racines d'une langue, mots presque tous monosyllabiques ; ils sont la clef de la langue, car quiconque connaît le sens exact des mots-racines, devine la signification des dérivés et composés.

C'est un petit volume très coquet, d'une impression superbe, relié en toile anglaise; il réunit toutes les qualités que l'on exige d'un livre de classe. Nous devons en remercier et l'auteur et l'éditeur... et nous en servir.

Extrait de la préface

DU

JARDIN DES RACINES ALLEMANDES

(Librairie Delagrave, 15, rue Soufflot, 1 fr. 50)

Les mots-racines sont la clef
de la langue.

Si nous nous présentons aujourd'hui au public avec le premier volume d'une série de « suppléments de méthode », c'est que nous nous y croyons autorisé par plus de dix ans d'expérience comme professeur ou interrogateur et que nous avons eu mainte occasion de voir ce qui manque aux méthodes actuelles. A notre avis, on a eu le tort, jusqu'à présent, de ne *rien faire ou peu* pour faciliter la plus grande difficulté de la langue allemande, l'étude des mots, l'acquisition de ces milliers de termes usuels et spéciaux, sans lesquels une conversation sortant des questions courantes, sur le temps, la santé, etc., est impossible.

Il y a de bonnes collections des mots d'après le sens, mais **elles ne donnent pas une liste des mots-racines** et elles n'expliquent pas l'origine des composés. Ainsi, nous avons vu des élèves qui, devant passer le baccalauréat quelques mois après, connaissaient bien le mot der Bleiftift (le crayon), mais non das Blei (le plomb) ni der Stift (la pointe), etc.

Les mots-racines représentent ce que l'on pourrait appeler **la clef de la langue,** *car si l'on connaît le sens exact d'un mot primitif, on devine la signification du dérivé et composé.*

Comme ils veulent et doivent être appris par cœur, nous avons fait précéder chaque substantif de son articles en toutes lettres et écarté tout le superflu ainsi que les mots rares.

SUPPLÉMENT AUX MÉTHODES D'ALLEMAND

MOTS FRANÇAIS

D'ORIGINE ALLEMANDE,

ou les mots que le français a empruntés à l'allemand expliqués par les mots-racines dont ils dérivent et par des exemples à l'usage des élèves de l'enseignement secondaire classique et moderne des candidats aux baccalauréats, aux concours, etc.

PAR

A. BURGER

Docteur en philosophie, Professeur d'Allemand

Introduction. —Les mots d'origine germanique ou allemande sont, après les mots latins, les plus nombreux de la langue française.

Les mots d'origine germanique ont pénétré dans la Gaule ;

1º Par suite des rapports fréquents avec les Germains de la frontière ;

2º Au Ve siècle, par l'invasion des Wisigoths, des Burgondes, des Francs, qui, au lieu d'imposer leur langue à la Gaule, adoptèrent la sienne ; et

3º Au Xe siècle, par l'invasion normande.

Les mots d'origine allemande ont pénétré dans le français postérieurement au XVe siècle :

1º Pendant les guerres de religion ;

2º Pendant la guerre de Trente ans ; et

3º Pendant les guerres du XVIIIe siècle.

Ce sont en général des termes de guerre, de droit féodal, des termes de marine, etc.

A. BURGER.

SUPPLÉMENT

aux

MÉTHODES D'ALLEMAND

Die Wurzeln der am meisten gebrauchten deutschen Wärter und ihre Uibersetzung ine Französische oder.

LES MOTS-RACINES LES PLUS USUELS DE LA LANGUE ALLEMANDE, avec leur traduction exacte et une lettre-préface en fac-similé de M. Jules Lemaître. Broché. . . . . 1 fr., contient les termes allemands qui diffèrent des termes français ou les mots-racines de la langue allemande.

Noms Allemands et Français
DE GENRE DIFFÉRENT

Par le Professeur
A. BURGER
Docteur en philosophie

PRÉFACE

> « Le genre n'est rien en anglais ;
> il est beaucoup en français ; il est
> la difficulté élémentaire en alle-
> mand. »
>
> Emile CHASLES.

Nous distinguons les substantifs *radi-caux* des substantifs *dérivés* et *composés*. Tout *suffixe* forme un dérivé et tout *préfixe* un composé. — Quant aux substantifs *dérivés*, il est facile de connaître leur genre aux suffixes de dérivation, qui se trouvent dans t'utes les grammaires, et que nous nous disposons de répéter ici. — S'il s'agit d'un nom *composé*, on sait qu'ils ont toujours le genre du dernier nom qui est ou simple ou dérivé : par exemple, le nom **Borhof** étant composé de **vor** et de **Hof**, a le genre de **Hof**. — Mais il est impossible de donner des règles bien exactes sur le genre des substantifs *radicaux*. Notre liste des noms allemands et français d'une genre différent facilite cette difficulté. Cette liste apprise par cœur, on connaît alors le genre de tous les noms, car ceux qui ne sont pas compris dans notre liste ont le même genre que leur correspondant français.

A. BURGER.

APPRÉCIATIONS

DES

PUBLICATIONS

DU

Professeur BURGER

(Voir : *Bulletin de la Société pour la propagation des langues étrangères en France. Mai 1900*).

« Nous venons de lire avec intérêt et profit — nous dirons même avec plaisir — les petits livres suppléments aux grammaires d'allemand de M. Burger. S'ils sont *d'une haute utilité* pour toute personne connaissant l'allemand, nous n'hésitons pas à affirmer qu'ils sont *indispensables* à celles qui étudient cette langue. Ce sont, en outre, *de véritables aide-mémoire*, car ces mots présentés comme ils le sont, se gravent avec la plus grande facilité et sans la moindre fatigue dans la mémoire. »

LEÇONS ET RÉPÉTITIONS

d'Allemand

Mʳ **A.-G. BURGER**, docteur en philosophie et en pédagogie, professeur d'allemand, 220, rue de Rivoli, Paris, se charge
de la préparation soignée à tous les exa-
mens d'allemand (Baccalauréat, Licence,
Doctorat, Thèses).

Leçons au cachet, au mois ou à forfait.

Leçons chez lui, en ville et par correspondance.

Correction soignée de thémes, traduc-
tions, lettres, romans, poésies, etc.

**(Voir les ouvrages de Mʳ A. BURGER, rela-
tifs à l'enseignement de l'allemand.)**

LE
Guide des Étrangers

ANNONCES INTERNATIONALES

publie des **PETITES ANNONCES**

à 1 fr. la ligne de 38 lettres sous les rubriques suivantes :

Achats et Ventes de Propriétés
Correspondance personnelle
Fonds de Commerce
Cours et Leçons
Alimentation
Mariages
Divers
Hygiène
Echanges
Occasions
Offres d'Emplois
Demandes d'Emplois
Maisons recommandées
Offres et Demandes de Capitaux
Offres et Demandes de Locations

IMPRIMERIE
René MULLER
BRUNOY

9 782014 028973